TEXTE : GILBERT DELAHAYE
IMAGES : MARCEL MARLIER

martine
en bateau

casterman

Martine part aujourd'hui pour New York. Miss Daisy, son professeur d'anglais, l'accompagne.

Les amis d'Amérique ont écrit dans leur lettre d'invitation : « Surtout, Martine, n'oublie pas ton petit chien Patapouf. On l'aime bien. Il est si gentil ! Ce serait dommage de le laisser à la maison ! »

Donc Martine et Miss Daisy s'embarquent avec Patapouf sur le paquebot.

Dans la cabine, Miss Daisy range les bagages. Martine fait la connaissance de ses nouveaux amis.

— Je m'appelle Annie, dit une petite fille.

— Moi, Martine, et mon petit chien, Patapouf.

— Est-il sage ?

— Ça dépend, pas toujours.. Regardez, je suis dans la cabine à côté de la vôtre. Par le hublot, nous verrons la mer. Nous serons bien pour dormir. Il y a deux couchettes... et un panier pour Patapouf.

Le bateau de Martine s'appelle *La Martinique*.
On vient de le remettre à neuf. Il sent bon le goudron
et la peinture fraîche. Ses fanions claquent dans le vent.
Sa cheminée fume.

C'est l'heure du départ. Tous les passagers sont
sur le pont. Ils font signe de la main. Pour Martine et
ses amis, c'est un beau voyage qui commence.

Le navire est déjà loin sur la mer. Il disparaît à l'horizon. On n'aperçoit plus que son panache de fumée qui monte vers le ciel.

Les mouettes planent au-dessus des vagues. Le vent souffle à peine. On dirait que l'océan respire doucement, doucement, comme une grosse bête endormie. C'est le soir. Là-bas, de petits nuages roses se promènent sur la mer. Pour aller se coucher, ils attendent que les étoiles se lèvent. Le soleil s'enfonce dans les flots. Il est rouge comme un ballon.

Neuf heures du matin. Martine et ses amis sont déjà sur le pont. Il y a tant de choses à voir sur un navire... Mais voici le capitaine :

— Bonjour, mes enfants!

Il a l'air sérieux, le capitaine. C'est lui qui commande l'équipage.

Il ne faudrait pas que Patapouf fasse des bêtises, par exemple.

Justement, le voilà qui s'enfuit des cuisines. Il est allé fureter dans les paniers de poisson. Quelle aventure! Un homard est resté suspendu par les pinces au bout de son museau.

Le cuisinier accourt, tout rouge encore du feu de ses fourneaux étincelants.

— Patapouf!... Patapouf!... crie Martine.

Patapouf traverse le pont à toute vitesse. Les passagers se retournent. Pauvre Patapouf, le voilà bien puni de sa curiosité!

Miss Daisy ne s'est pas mise en colère. Elle est allée se reposer dans sa cabine. Elle ne supporte pas le vent ni le soleil.

— Profitons-en pour aller visiter la salle des machines avec le chef mécanicien.

— Cette échelle est raide... Prenez garde de glisser, mademoiselle Martine !

Cela n'est pas facile de descendre par ici !

Il ne manque rien sur ce paquebot : voici la piscine de natation. Quel plaisir de plonger et de jouer au ballon dans l'eau!

Martine est une excellente nageuse.

Mais attention : les chiens ne sont pas autorisés à se baigner avec les enfants !

Midi. Miss Daisy emmène Martine au restaurant.
— Voici le menu, dit le maître d'hôtel :

Potage du jour.

Homard en Belle-Vue.

Poulet du chef.

Fromage. Dessert surprise. Café.

Quatorze heures. Il fait de plus en plus chaud. On n'entend plus que le bruit des hélices et le cri des mouettes.

Sur le pont, des passagers font la sieste. D'autres lisent des romans. Ceux qui n'ont rien à faire regardent passer les nuages.

Martine rêve dans sa chaise longue : elle se croit déjà en Amérique, dans les rues de New York ou bien dans les plaines du Far-West.

Annie, la petite amie de Martine, est venue la chercher pour jouer au volant :

— Voici les raquettes. C'est à toi de commencer.

Le volant saute à droite, saute à gauche.

— Moi aussi, je vais l'attraper, dit Patapouf.

Il bondit en l'air...

Une grosse vague secoue le navire.

Boum... Patapouf a manqué son élan. Il retombe sur le pont inférieur, dans les bras de Monsieur Dupont. Monsieur Dupont s'était endormi en lisant un roman policier. Il roule de grands yeux et frise sa moustache :

— Je vais me plaindre au capitaine !

— Excusez-le, Monsieur Dupont.

— Patapouf ne l'a pas fait exprès, dit Martine.

— Non, je ne l'ai pas fait exprès, semble ajouter Patapouf en agitant la queue.

Mais voilà que le temps se gâte.

Des nuages noirs courent dans le ciel. Le vent souffle en rafales. La pluie tombe et le navire commence à rouler sur les flots.

On replie les chaises longues. Martine a mis son imperméable et son chapeau de toile cirée. Les vagues éclaboussent le pont. Le tonnerre se met à gronder tout à coup. Vite, il faut s'abriter !

C'est la tempête. Plus personne sur le pont. Les messieurs sont au bar. Ils jouent aux cartes ou aux échecs. Les dames font la causette au salon et les enfants lisent leurs livres d'images. Miss Daisy a mal à la tête.

Martine et Patapouf ne s'ennuient pas du tout. Les voici à la fenêtre de leur cabine. A travers le hublot, ils regardent la pluie tomber et les flots bondir sur la mer comme un troupeau de moutons.

Le beau temps est revenu. La tempête s'éloigne à l'horizon. La mer se calme. De tous côtés, l'océan s'étend à perte de vue.

Soudain, tout près du navire, quatre poissons, quatre dauphins sautent par-dessus les vagues. On dirait qu'ils s'amusent à faire la course. Ce sont les amis des marins.

Une semaine plus tard.

Le navire fend les vagues à toute allure. On approche des côtes américaines.

Miss Daisy prépare les valises dans la cabine. Sur le pont, Martine a retrouvé sa petite amie. Le capitaine lui a prêté ses jumelles. Annie demande :

— Que vois-tu là-bas, Martine ?

— Je vois des remorqueurs. Il y en a trois l'un derrière l'autre. Ils viennent à notre rencontre... Et puis, plus loin, je vois le port de New York.

New York. On vient d'amarrer le paquebot. Voici les grues géantes, les cargos ventrus, les gratte-ciel aux mille fenêtres. Le beau voyage en mer est terminé. Miss Daisy, Martine et Patapouf débarquent. Le cœur de Martine bat très vite. Sa petite amie est venue lui serrer la main :

— Au revoir, Martine, et bon voyage en Amérique !

Imprimé en Belgique par Casterman, s.a., Tournai, juillet 1986. Nº édit.-impr. 3176. Dépôt légal : 4ᵉ trimestre 1961 ; D. 1986/0053/118
Déposé au Ministère de la Justice, Paris (loi nº 49.956 du 16 juillet 1949 sur les publications destinées à la jeunesse).